님께

마음을 담아 드립니다

2016. 4월

남상진

푸른시선
105

카푸치노

남상진 시집

 푸른사상
PRUNSASANG

카푸치노

인쇄 · 2016년 4월 18일 | 발행 · 2016년 4월 23일

지은이 · 남상진
펴낸이 · 한봉숙
펴낸곳 · 푸른사상

편집 · 지순이 | 교정 · 김수란
등록 · 1999년 7월 8일 제2-2876호
주소 · 서울시 중구 충무로 29(초동) 아시아미디어타워 502호
대표전화 · 02) 2268-8706(7) | 팩시밀리 · 02) 2268-8708
이메일 · prun21c@hanmail.net / prunsasang@naver.com
홈페이지 · http://www.prun21c.com

ⓒ 남상진, 2016

ISBN 979-11-308-0641-9 03810

값 8,800원

카푸치노

동산에 올라 한강을 바라본다
강물도 내 마음을 다 읽고 흘러간다
그리고
나는 시로 남는다
참 기쁜 아침이다.

2016년 4월
현충원 뒤뜰 동작동산에서
南尙鎭

■ 시인의 말

제1부 어머니의 묵주

제2부 소통

제3부 파도의 시간

제4부 바람이 답을 주다

제1부

어머니의 묵주

쾌유

비둘기

한 마리

빈 빨랫줄을

바람에

헹구고

날아간다

뼈를 깎던

열을

촛불처럼

세운다.

여울목 쉬리

흰 배를 뒤축이던 쉬리들

여울목 몸부림쳐 필사적으로 뛰었지

고래가 물 뿜으며 바다 위를 뛰어오르듯

파르르 털면서 날아올랐지

새벽 출근길 브레이크 밟은 승용차

허연 배 드러내며 노변으로 나가 떨어져도

살얼음 노면에 뒤집혔던 나는 끝까지 뛰었지

릴 놓은 낚시꾼들 입맛 다시고

쉬리들 무사히 여울목 빠져나가듯

나는 생존경쟁의 여울목에서 물살을 세차게 갈랐지

강원도 남한강 상류에서 자란 쉬리

서울로 춘천으로 길 넓혀 원정도 갔었지

여울목 수박향 나는 고향 물살 가르고.

뽕나무가 있는 집

빡빡머리 소년으로 떠나와
서리 낀 머리로 대문 앞에 섰다
주인이 비워두고 떠난 집은
버려진 텔레비전처럼 고요하다
집들이 듬성듬성 자리를 비운 동네엔
사납게 짖는 개들뿐

어린 나를 넘어뜨리던 문지방도
나를 낳은 방도
슬레이트를 얹고 자리를 지키고 서 있다
살던 이들 흔적들만 두고 모두 떠나도
집은 남아 천천히 허물어져가며
무엇을 기다리는 자세로
기우뚱하게 남아 있다

누에가 뽕잎 먹을 때
내 입술 오디에 물들던 집
뒤뜰 뽕나무

굵고 거친 몸으로 아직도 잎을 토하고 있다

할미처럼 낡은 집은 나를 젖먹이처럼 들여다본다
도둑맞은 집 같은 나를
텅 빈 집이 뒤적거린다
내가 떠난 뒤에도
나와 같이 자란 뽕나무는 푸른 잎을 뱉어내겠지
집은 허물어지면서도 내가 새겨놓은 낙서는 남아 있겠지.

카푸치노

대학 친구들과 카페에 들어갔다
어둠을 밝히던 별들과
함께 흘린 땀과 눈물이
카푸치노 거품 속에 섞여 있다

나는 언덕에 누워
쌀밥 같은 구름을 바라보았다
학생들이 영차를 외쳐가며 스크럼을 짜고
운동장을 돌기 시작했다
가지런히 잘린 정원수 위로 새까만 머리들이
꼬리를 물고 모여들었다
주린 배와 손에 쥔 영장을 걱정하던 나도
대열로 흘러들었다
모두들 강물에 모여든 물방울처럼
급류처럼 교문을 빠져나갔다
의사당 앞에 모인 목들은 쉬어 있었지만
우리는 달군 쇠처럼 뜨거웠다
돌아오는 길가의 사람들은 갓 핀 꽃이었고

교정에 뜬 별들이 머리 위에서 빛나고 있었다

우리가 피 흘렸던 거리를
인공의 물줄기가 흘러가고
가슴이 부푼 여학생들이 깔깔거리며 지나간다
오지 못한 친구의 생사를 걱정하고
흘러간 사랑을 더듬으며
생활이 길들여놓은 말들을 주고받을 뿐
아무도 정치를 이야기하지 않았다
어색한 침묵이 흐를 때면
우리는 카푸치노를 입에 가져갔다
살아온 날들이 카푸치노 거품처럼
꺼져가고 있었다
다시 만날 수 있을까
그때까지 몸조심하자는 말을 남긴 후
우리는 낙엽들처럼 흩어졌다

교정의 밤하늘은 옛날보다 멀었다

잘 살다 돌아왔는가
건강은 괜찮은가
애들은 잘 크는가
그 옛날의 별들이
눈물처럼 빛나고 있었다.

새싹에게

나무와 벌들의 성품을 알 것 같다
고목 가지에 걸린 웃음소리

벌에 쏘여 앓던 아이는 꿈속에서
발이 없이 솟아오르는 새를 보았다

굽은 허리로 흔들리는 나무
벌들의 날갯짓 소리가 열매를 키우고
나도 한줌 두엄이 되어 고목 곁에 묻히리라.

삶은 강처럼 무겁다

아내는 병원 가고
나는 고수부지를 걷는다
강 건너 달리는 차창과 수면 위에 부서지는 햇볕
강물은 여기까지 오느라 발등이 부었다

멍에를 짊어진 소 입에 흘러내리던 거품이
강물에 떠 있다

밭을 갈다 말고 먹구름을 바라보던 아버지
해종일 밭에서 일해도 말 붙일 사람 하나 없던 아버지
우물 같은 하늘 쳐다보며 부르던 노래

태어난 곳에서 한 생을 흘려보낸 아버지의 일생
한스럽다 해야 할지 고요하다 해야 할지
나는 답을 알지 못한다

강은 얼었다 녹고 안개가 되어 흐르다가
내 발 밑까지 도착했다

낚시꾼의 환호가 울려퍼지는 고수부지
먼 고향의 워낭 소리 들린다
남의 말 들어주지 못하고 흘려보낸 삶,
검은 강처럼 무겁다.

안방

구석구석 엄마의 체취다
나는 아랫목으로 건너가 잠든 나를 깨운다

손자의 사랑이 할아버지 사랑방 문지방을 타 넘는다
향긋한 화장품 냄새가 삼촌 새악시 뒷방에서 걸어나온다
맛깔스런 곶감 대추 과일들 즐비한 도장방도
좋지만, 아이는 부엌방으로 간다
깨알처럼 박혀 있는 그 안방으로

온 가족이 구름같이 모여들던 저녁
말의 꽃이 피어나 활활 타오른다
큰일 치를 때면 그 한가운데 언제나
활짝 열어 제친 엄마의 가슴이 불씨를 댕긴다

살 같은 세월 속의 터널 빠져나오는 동안
잊고 살았던 엄마의 작은 방
잃어버린 몽당연필 찾느라 애를 태운다
꿈을 잃을까 봐 아이는,

안방을 차곡차곡 그린다
눈 감고도 보이도록 침을 꼭꼭 찍는다.

남은 잎

햇볕 속에
겨울을 지나온 나뭇잎 몇 장

산을 오르는 사람들 웃음에도
부서질 것만 같은

얼음 녹는 비명이 들린다
씨앗을 일으켜 세우는 소리
끝내 내가 떠난 그 자리.

봄봄

철조망 따라 산길을 오른다
언 땅을 들어 올리며 새순이 돋고
폭풍우에 뿌리 뽑힌 가지들에서도 움이 돋는다
지난밤 맑은 물에 발을 담구는 꿈을 꾸었는데
겨울을 씻어낸 아침
까치들 소리치며 날아오른다
원추리 어린 싹들 온 산을 들어 올릴 때
녹슨 철조망에도 물이 오른다.

그녀의 꽃향기 속 시간

그녀가 걸었던 고궁 뜰에서
뙤약볕 쏟아지는 양지를 걷는 여인들
어깨살 눈부신 윤기의 결이 황홀하다 해도
그녀 꽃향기 속 시간이 더 아름답다

어서 데려가달라고 애원하다가
다시 더 살게 해달라는 마지막 저 안간힘
샘이듯, 어디서 솟아나는 힘인가
끝내 손사래만
채운 기저귀 오래되었는지
그녀 얼굴을 붉힌다
오물거리는 입과 주걱턱 꺼져가는 눈두덩
피와 살 골수까지 빨린
풀리는 혀와 입, 눈알마저 휑한
자식 앞에서 더 살아주려는 저 향기

자식 두고 떠나는 절박한 모정이다
거미줄 숨소리가 병실 안을 가득 채워도

꽃이듯 엷은 눈웃음 피워 가슴 쓰리다

입 벌리고 있다
자정을 알리는 시침과 분침이 겹칠 순간
딱 벌린 채 굳어 있다
맏딸이 틀니 끼워주자 이내
공허한 입 다물고

아들 왔는가!
나에게
감은 눈이 인사한다

그녀의 꽃향기 속 시간 고요한데.

대(代)

새벽 먼 길 장보러 갔던

아버지 돌아오는지

에헴, 게 아무도 없소. 귀에 익은 목소리

틀림없는 나의 목소리다

어머니가 아버지 따라 종종 흉내 내며

들려주던 그 목소리를

학교 갔다 돌아온 아들에게

에헴, 아무도 없어요. 귀에 익은 목소리로 외친다

틀림없는 나의 목소리다

손자가 처음 말 배울 때

어머니가 아버지 따라 즐겨 흉내 내며

웃어주던 그 목소리에는

아버지의 아버지가 앉아 계신다.

어머니의 묵주

어머니는 병환 중에도 묵주를 쥐고 잠을 잔다 어머니는 잠을 잔 것이 아니다 기도가 필요한 사람들의 처지에 따라 환희 고통 및 영광의 기도를 드린다 평화가 필요한 사람들 영혼 앞에서는 화해의 기도, 죽은 이들 영혼 위해서는 위령 기도를 묵주에 실어 보낸다 주님이 영원한 빛을 비추어주 듯 경건히 눈빛처럼 맑고 깨끗한 마음을 묵주에 담아 퍼준 다 진종일 기도하다가 힘들어 보이는 간병인과 가족들에게 도 묵주 한 알 한 알을 떨어뜨린다 어머니는 떠났다 연도로 수놓은 꽃길 밟으며, 어머니가 그러했듯이 나도 세상에서 가장 평화로운 마음을 사람들에게 심으라고 어머니 묵주 알 남기고 떠났다.

입관

보내지 않으려 남긴 흔적으로
몸은 개울에 버려진 생리대 같았다
딸아이가 불어터진 얼굴을 쓰다듬으며
아비가 살아낸 시간을 더듬는다
텅 빈 어깨들이 출렁인다
고통이 빠져나간 얼굴은 연못처럼 고요하다
소란한 울음 틈에서 나는
그의 얼굴에 귀를 대며 말한다
잘 가라
죽음 쪽에서는 어떤 소리도 들리지 않는다
흔들리는 촛불들
어두운 벽을 만지듯
푸른 얼굴을 쓰다듬는다
부끄러움을 잃어버린 몸에 수의를 입힌다
삼베로 그의 얼굴을
세상으로부터 영원히 감춘다
장송곡이 울려 퍼진다
그의 체온이 노래를 타고
어떤 소리도 갈 수 없는 세상 밖으로 떠난다
텅 빈 몸을 관에 담는다.

나는 모른 체했다

산사태는 사전에 대처해야 한다
이른 아침 친구와 등산을 갔다
잔 속의 거품과 모카 맛을 얘기하는 동안
높은 가지에 걸린 까치집 관찰하던 나
금년엔 홍수가 나리라 예측했다
거짓말이듯 그곳에 산사태가 났다
다음 날 본 현장은 아수라장
하늘 찌르는 뿌리의 반란, 매몰된 아파트
산이 밀려와 도로엔 섬 하나
구멍 난 승용차 배 위에 덮친 전주
진흙탕 빠져 허우적대어도
누구 하나 관심 없는 강 건너 불일 뿐
나는 남의 탓 노래한 앵무새였다
그릇된 삶이 키워준 벌 내가 받았다
왜 짐짓 모른 체했을까

물길 틔워 깨끗한 물과 맑은 공기 마시는
울창한 숲 가꾸기를 나는 모른 체했다.

메아리

나무하며 부르던 아버지의 아라리가
내 몸속에 씨앗처럼 박혀 있다
내가 콧노래를 부르고 있는 지금도
멜로디는 자라고 있다

깊은 갈나무 숲이 나를 흔든다
숲은 내가 만든 소리를
들숨으로 받아들였다가
메아리로 돌려보낸다

내가 찾아갈 때마다 숲은
나를 맞으며 말한다
사나운 소리는 내려놓으라고

숲에 누워 하늘을 올려다보면
누군가 보낸 메아리가 눈으로 들어와
눈시울이 뜨겁다.

노송

다래가 주름을 그릴 때
서리 맞은 머리를 이고 선산에 갔다
잔솔이 고랭지 채소에 밀려날 동안
사람들은 어린 시절의 그늘에서 두런거렸다
누난 정신대 형은 일본군으로 끌려가고
소나무 관솔은 가솔린을 만들고
머루를 따다 일본군 식량으로 공출하던 시절의
산 증인이 되어 나는 서 있다

자랑이듯 꿈에도 청솔인 채로
맑은 공기 뿜어내고 죽어서도 재목이 되는 노신(老身)
사람들은 그 아래서 호흡을 고른다
그럴수록 숙연해지는 머리칼
누런 송홧가루 틈에 황홀하다.

사랑

낙엽 구르는 깊은 가을 밤
국화 향기 물씬 코끝 스칠 때 누구나
연민의 정에 눈시울 붉혔을 게다

휘영청 둥근 달 벗 삼아 지새우며
은밀한 사랑 이야기 속삭였다 하여도

폐석의 산화로 이색적 결정체 앞에
경이로운 감정 느낄 때 있듯
성향 따라 오감도 표출했을 게다

사랑이 불붙었다 해도 연민의 향방이
나이면 이기심, 너일 때 사랑이다

방향이 나 아니고 너이기를 기원했다.

활강

함박눈 쏟아 쌓이고 쌓인다
고래 등 같은 능선 따라 눈 버덩 펼친 스키장
빛바랜 사슴색 로고 새긴 스키복에도
스틱은 잡히지 않는다
그 너머, 스키 날 같은 비탈 아슬아슬한
몽블랑의 만년설 같은 설경 업고
박달나무 스키로 제친 내 유년의 자연설 썰매장
눈보라 휘몰아쳤던 저곳 어디쯤에
설레는 설산 하나 만들어질까, 겨울 끝까지
꿈에도 그리던, 나의 놀이터!
오늘, 나는 눈발 쌓여 만든 눈 더미에 올라섰다
레이스 갖춘 현대판 스키장에
하늘의 무게로 만들어낸
겨울 풍경 감상하는 싸늘한 이 아침
가슴속 낡은 옛 기억에서 어쩐지 피가 솟구친다
일흔의 무뎌진 스틱 힘껏 제쳐 아찔하다
눈살에 빗기는 박달나무 숲들
활강한다
정점을 넘은 속도가 가파르다.

제2부

소통

침묵은

물은 낮은 곳으로 흐르듯
순리대로 살게 하려는
길 잃은 자의 신선한 안내자다

아니다 신산한 기다림이요 담금질이며
실천으로 옮기게 하는 통찰이다

캄캄한 밤하늘의 별처럼
고통 안고 헤매는 자에게 빛을 밝혀
역경 넘게 하는 예언자다

왼손의 일을 오른손 모르게 하듯
결정적 시기 단언해주고
현자의 길 열어주는 칼이다

흐름과 빛으로 빚은……
자기의 몸 태우는 침묵은
마음의 심지다.

하염없이 1

한가로이 흐르는 강물을 보고 있노라면
물의 깊이를 헤아린다, 눈물이 난다

돌고 돌아오며 가파른 절벽 만났어도
수평 유지하며 그 흐름 조화로웠다

조용한 숲 속 풀벌레 소리 듣는 듯
가시밭 헤쳐온 길 불현듯 떠오른다, 눈물이 난다

가슴이 아프고 갈 길마저 잃었을 때는
일찍 개미의 하루를 생각하지 못한 나를 원망도 했다

고요 속에 잠겨 산바람 삭이고 있노라니
숨결로 된 이치 신비롭다, 눈물이 난다

폭풍 홍수 닥칠 때
까치의 능력만큼도 슬기롭지 못한 나였기에

하염없이, 하염없이 눈물이 난다.

하염없이 2

여름밤 열대야에 진땀 흘린다 새벽부터 울어대는 매미 소리에 잠을 설친다 그들은 울어도 우는 게 아니라 짝을 찾는 중이라니 누굴 닮은 사랑법인가 매미 기승 부리는 여름밤 TV에 한 아버지가 잃었던 딸을 만난다 그녀 이름 부르자 처음 본 아빠의 넓은 품에서 눈물 쏟는다 혈육의 정을 보며 나도 눈시울 적신다 어느 날 죽을 때가 되어 슬피 운다고 가볍게 여겼던 일들 매미 외치는 큰 울음이 한 생의 기가 막힌 삶을 노래하는 하소연이라는 걸 이제는 알고 있다 다시 한 번 그들의 울음에 관심 둔다 정 없이 살아온 삶이 어찌 생일 수 있을까 슬플 때 누군가를 붙들고 통곡할 사람 있다면 기쁠 때 누군가 손 붙잡고 한번 싫건 웃어볼 사람 있다면 행복하다 화면 속 오누이가 이산의 아픔을 눈물로 어루만진다 끝내 밝은 웃음 터준다 슬퍼도 슬퍼할 수 없고 기뻐도 기뻐할 줄 몰랐다 하염없이 먼 하늘만 바라보다 우주 중심 한가운데 우뚝 선 귀한 존재인 나를 돌아보며 비로소 하염없이 울어본다 매미소리도 들을 날 며칠 남지 않았는데.

극복

깊은 가을 넝쿨 속 내부가 드러났다
앙상한 다래 덩굴 가지마다 주렁주렁
다래가 주름 잡힌 채 쪼글쪼글

푸르던 잎들은 다 어디로 갔을까
서릿발에 맞서 시린 살갗 지켜가면서
안간힘 다해 단맛 지켜내었지

소름 끼치게 쓰리고 아렸던 기간만큼
맛은 주름살 끝까지 차올랐다

세월을 이기고 맛 들여온 그 상큼한
달디단 진한 맛 다래, 아 달다!

안개 속 세상

밥 짓는 연기 같은 안개가
능구렁이처럼 능선을 삼켜버린다

몽롱해진 내가 잠기고 눈마저 멀어져간다
정지된 시간 속 실바람처럼 들리는 내 숨소리
그제야 잊고 있던 내가 보인다
세상을 탓하며 팔아버렸던 때 절은 내가
한눈에 들어 가슴 무겁다
안개 낀 창문으로
설익은 세상만 보아왔다

안개가 걷히며 희미하게 세계가 태어난다
나무 그늘이 천천히 걸어간다.

그리움만 남았네

흙냄새 물씬 풍기는 나의 토방
자갈밭, 누어 떼들 별 헤며 속삭이는 밀담 익어가던 곳
모기 소리 듣고만 있던 토담은 어디로 갔는지
모깃불에 둘러앉아 꾸역꾸역 옥수수 뜯던 밤이 그립다
감자 구워 먹느라 검정 칠한 얼굴 마주 보며 깔깔 웃던 웃
음들
흙탕물에도 떠내려가지 않은 다리동발
소 등에 올라앉아 하늘 향해 부르던 아라리 가락마저 흘러
간다
귓속 물 빼던 뜨겁던 너럭바위의 품
문구멍 뚫어 숨죽여가며 참새 오기를 기다리던 끈끈한 정들
누님이 주신 영어사전 꽂혔던 책상에 앉고 싶다
씨름판에 앉아 흙투성이 된 내 동심의 유년은 엊그제로 떠
도는데
그 시절 목동은 또 어디로 가버렸나
되돌아보니 일흔 전의 고토
잃어버린 땅 위에
그리움만 남았다.

봄의 숨결

능선 따라 등산로 홀연히
철책 새로 검푸른 한강 줄기 한눈에 들고
길 위의 얼룩은 그림인가 그림자인가
언뜻, 동풍이 언 길 녹여 그린 지도였네

겨울 끝자락 나목 가지를 잡고 있는 가랑잎
꽃샘추위의 시샘에 손을 놓는다
대지의 기지개에 잡초들이 하품할 때
땅속의 태동 따라 움트는 소리들
누리 단장에 바쁘다

설중매 통증에 목련은 꽃망울 틔우고
초록 잎 받쳐 든 망울이
고요를 읊고 있을 때
새색시, 색동옷 보자기에 가지런히 담듯이
나도 그 소리를 가슴에 담고 있네

이내 소리들은 누리의 잠을 깨우는
봄이 오는 소리, 봄의 숨결이다.

정오의 반란

햇살이 창을 넘어 방바닥에 앉는다

아내가 발을 높이 들어 운동할 때면
행복은 싹을 틔우고, 어느새
화분갈이하곤 열매 떨어져 내릴 걱정도 한다

아무 일 없는 듯 야채와
청솔가루를 타서 아침을 먹는다
하강하는 이들의 하루가 느리게 일어선다
아내의 하얀 이가 활짝 웃는다

집 나서는 아내가 궁금하다
나도 따라 나서런다
때마침 성당에서 정오의 종소리가 울린다

— 레지오(성모신심)를 가나?
아내는 머리 단장에 한창이다
액세서리로 따라다니는 열쇠같이

나도 얼른 바지를 주워 입는다
문을 나서던 아내가 획 돌아선다
— 당신은 어디 가려고
내가 우물쭈물할 사이 아내가 툭 던진다
— 난 애인하고 데이트 가는데
그래도 이름을 물어보지 못한다
또 아내가 앞을 막는다
— 남(男) 거시기라고
아내가 말하자
— 나는 여(汝) 그 여자 보려고

참지 못한 온몸이 몸부림친다
정오가 환하게 웃어 제낀다.

아재야, 아재야

빨간 댕기머리 아재* 따라 묵정밭 갔었지
달래 냉이 풀 냄새 맡으며
나비 되어 훨훨 날아다녔지
소 모는 목동의 노랫소리에
나는야 나풀나풀
봄을 넘었다

아재야, 아재야
잠든 듯 누워
솔가지 움트는 소리 들으며
언덕 그득한 풀잎 향기
진달래 한입 가득 붉은 입술로
잎새에 꺾인 햇살 한줌 가슴에 담았다

새싹의 양기 받았던
아재야, 즐거이 노래 불렀던 동산

달래 향 냄새 나는

동무산 뒤뜰 그곳에서 언뜻

먼 곳 시집간 아재와 난 봄맞이하고 있다.

* 아재 : 강릉 지방에서 삼촌 항렬의 여성을 일컬음.

엄마 생각

태어나 말귀 알아들을 때
베틀 위에 앉은 엄마는
발로 쇠꼬리를 당긴다
잉아올과 엇갈린 사올 사이에서
거북이 배 큰 북이 날줄을 옮긴다
바디를 잡아당긴다

삼베가 밭뙈기를 일구고
집과 텃밭은 낙원이 된다

리듬 맞춘 엄마의 베틀노래에 나는 잠든다

코 수건 달아주고 책가방 챙겨줘도 지각만 하고
싸움질 말썽꾸러기 내 꼴
보지 못하는 우리 엄마
남몰래 종아리를 친다
간지럽다
강변 따라 오가던 좁은 학교 길

머리채같이 긴 바랭이 줄이 묶인 줄도 모른 채

뒤따라오던 키 큰 가시내 곤두박질쳐 떨어진다
웃음 참지 못한 나는 수업시간에 싱글벙글

상수(上壽)에 갑자기 돌변한 어머니
넘어진 내 앞에 서서
홀로 일어나라 저승에서 외친다

가슴에 새겨둔 엄마 그 한마디
다시 난 내 몸의 언어들이 살아난다

엄마의 그 외침 소리……
붉은 시어들…….

당신의 눈

아바스틴* 주사를 맞은 아내가
바람 빠진 튜브처럼 소파에 눌러앉았다
어깨가 흔들린다
앞이 안 보여 밥 못 하면 어쩌나

그녀의 걱정이
난타의 북소리를 울린다
당당하던 모습 어디 갔는지
겁먹은 왕방울 눈으로
적막 속에, 종을 친다

무엇하다가 짧아진 자라목
굽은 다리 흰 머리카락이 가슴에 잠긴다
바늘귀에 실 꿰려고 실눈 감으나 헛손질이다

신장 절제수술에 시력 합병증까지
내일이면 벌떡 일어날 줄 알았는데
나의 작은 인(囚)이고 등걸이

늦은 오후에 종을 치고 있다

당신 눈이 되어
나도 종을 울린다
나도 자꾸 헛손질이다
일흔 여덟 고개가 가파르다

종각 위 첨탑이 아득하다.

* 아바스틴 : 항암치료제 안약.

소통

백인 아파트 단지 숲길을 걷다
여인의 입술이듯 고운 단풍잎 하나
여권 갈피에 갈무리해두었다

아파트 삼 층 열두 가구 옹기종기
어항 속 금붕어처럼 소통 부재 중이다
내 색깔 노을에 가려진 그림자인 듯
단풍들만 흩날리며 타국어로 인사를 했다

어느 날 아들과 함께
나이아가라 폭포 탐방 후 캐나다 투어에 나섰다
폭포로 이어진 미국 캐나다 국경 검문소에서
금발의 여인이 여권을 보며
단풍잎을 좋아하느냐고 묻는다

나는 더듬거리는 서툰 발음으로 예스를 연발했다
그림 같은 금발 여인이 함박 웃었다

아들의 집에 온 지 석 달 만에 처음으로
딸깍 소리가 귓가에 들렸다
이국 땅 사람들과 발음 틀린 소통이 아프다.

바람이 좋다

샛바람 이는 날엔 냇가에 나가
살얼음 속 여울물에 귀를 기울이다가
버들강아지 움트는 소리에 놀라
화들짝 기지개 켜 겨울 먼지 털어내고
마파람의 속삭임에 뒷산 올랐다
썰물이듯 숲 훑는 바람 소리
산 사내들의 아리랑 가락이
골짝 산마루 넘지 못해 메아리쳐대면 나는,
삼복더위에 태양을 향해
바람아, 바람아 불어다오 외쳤다
한차례 소나기 지나고 나면
실컷 울고 난 아가의 맑은 목소리 들었고
하늬바람 스미는 어스름 저녁
황금물결 들판 바라보며
감사의 기도 드렸다,
언뜻 삭풍이 눈밭 건너뛰어 앞서 찾아오듯
강남 갔던 제비 다시 찾아오던 날

몇 점 구름을 띄우고 있는 하늘을 향해

별을 따고 싶어, 나는

바람아, 바람아 불어라

소리 높여 외쳤다.

장대비

매미들이 숲을 들어 올리고 있다
숲 그늘은 흘러가지 않는다
나는 텅 빈 물속에 바늘을 놓아준다

흙탕물 속에 미꾸라지들,
강에서 낚지 못한 물고기들이
나보다 먼저 마당에 도착해 있었다.

폭풍우 지나간 자리

하늘이 무너진 듯 비가 쏟아져 내린다
거대한 바람과
천둥 번개에 소름이 돋은 창문들

날이 밝아 뒷산에 올랐다
뿌리를 드러낸 채 누운 나무들
공포에 떨고 있다

나의 뿌리는 깊이 박혀 있는가
폐허 위에 둥근 해가 뜬다
거짓같이 폭풍이 지나간 오후.

가을 끝자락

노을이 짙어지는 동안 나는
낙엽 띄워 가을 노래를 담는다
가을에 내가 젖어들고
석별의 잔 속에 얼굴들이 가득 찼네
활활 타오르는 향연이 어제 같은데
낙엽에 서리만 한창이구나

국화꽃 향기 진동한다
가슴앓이 끝에 시어버린 잎들을 달고

이파리도 없는 넝쿨에 매달린
하얀 분 머루의 주름진 맛
나는 무엇을 남기고 갈 것인가.

친구의 아내

친구의 병세가 나아지는가 싶더니
서늘한 바람 불고부터 심해졌다

저년이 내 젖은 옷
갈아입힐 생각도 하지 않지 뭐냐

죽음의 목소리는 힘이 세다
친구의 아내는 침대 옆에 서서 어미처럼
오줌으로 얼룩진 환자복
묵묵히 갈아입힌다

어두운 밤 고요가 찾아든 중환자실
담당 간호사가 임종을 알리자
고요하던 그녀도
아이처럼 붉은 눈시울 적신다.

중봉 어귀에서

겨울 건너기 위해 떠나는 왜가리들

저승에 가서야 맞게 될 어머니
사진 한 장 못 남겨둔 나에게
시냇물은 저리도 조잘거리는구나

언덕 위에 서서 반겨 맞은 환영
장대비와 눈발 속에서도 웃던 얼굴
조금만 더 거기 서 계세요.

제3부

파도의 시간

때죽꽃

햇살 피해 고개 숙이고
나무 그림자를 지나간다
머리 건드리는 것에
고개 들어보니
하얀 때죽꽃
한스러워 땅만 보고 있다
무에 그리 맺혔을까
민초들은 때독꽃이라 불렀다는데
그늘에서 속이 타 서린 독기일까
물에 풀어 띄우면
물고기들 떼죽음 당한다는
새색시처럼 수줍게 고개 숙인 그 꽃.

삶의 향기

강변의 늪 자연 그대로
밀폐된 공간 방치한 채로 두고
이기심 길러지는 대로 두고 보는 것이
진정 자유이고 올곧음일까

샘물 솟아 넘쳐나는 생동감이
바람 불어 땀 씻어주는 시원함이
기쁨의 날개이듯 상큼한 멋을 남긴다

막히고 썩은 물길 바로잡음이
대기의 흐름 따라 대처해나감이
따뜻한 말 한마디로 대화의 길 열어주고
내가 먼저 실천하여 도와주며
새 희망 새 삶 찾으리니

로즈마리 허브가 향기를 피워내듯
내 영혼이 살지는 날
배려와 아량 베풀어 삶의 향기 짙으리라.

되찾은 추억 하나

향우회 날
나를 잘 알고 있다는 고향 사람을 만났다

형, 옛날 나를 다다미방에 재워주었지

당치도 않는
생뚱맞은 그 말을 듣고서 나는 멋쩍었다
남 도울 능력 하나 없었던 처지에
사치스런 기억이었다

남의 얘기만 같았던 속삭임을
까만 밤을 지새우며 골똘히 생각한 끝자락
여명의 틈 타고서야 겨우 찾아낸
기억 하나가 명치 끝에 걸린 가시이듯 걸려들었다
막장에서 탄맥을 캐낸 심정이다

젊어 한때 작은 성의 베푼 기개(氣槪)로
다락방에 재워 입시 관문에 보냈던 것이
한 점이 되어
반점을 찍는다.

인왕산

친구와 인왕산에 올랐다
멀리서 바라만 보던 네 턱밑에
바짝 다가와 있다

호랑이바위에 걸터앉아
파도치는 빌딩 숲을 헤치며
인왕의 그 호랑이를 배알한다

정오, 흰 바위에 꽂히며 작열하는
저 빛의 찬란한 창살에 맞아
외우(畏友)여 병마에서 다시 살아나기를

잠시 산의 젖줄을 물고
곤한 잠 속에 빠져들어
잠꼬대를 해보는 친구의 나른함

외우가 병원에서
전화를 건다

죽은 호랑이를 몰고 오라고
나는 링거 줄에 소식을 전한다.

꼭 필요한 사람

삶은
사람 따라 다르다
꽃이듯 웃는 이
태양처럼 밝고 지혜롭다

겉치레보다 소박한 마음에 정이 들고
물질문명이 요긴하나
비우는 것이 가볍다
등잔불 아래서 듣던 할머니 얘기들
명작보다 정겹다

꽃 한 송이로 노파를 감동시킨 릴케
빈손 잡아 걸인을 울린 톨스토이
빈민들의 우상이던 마더 테레사

사랑의 등불

더불어 살아가는 한
나무의 그늘 이웃에게 살갑게
그렇게 살아주는
세상에 꼭 필요한 사람.

숲 속의 운동장

도시 한복판 오아시스
벌레와 새들 난다

띄엄띄엄 긴 의자들 놓여 있고
각종 운동시설
운동장까지 갖춘 시민의 공간에서
작은 고래도 드나들 입 두 개 단 네트 축구장

군중들 웃음소리에
매미들 소란도 뚝
하늘 무너져 쏟아내던 장대비도 뚝

노을 어둠에 삼켜질 때면
썰물이듯 시민들 휩쓸려 나간다
어스름 밤에 달빛 받는 초록 융단에서
나는 홀로 공을 찬다

그래, 숫이다
일흔여덟 만에 골인이다

한 번도 해보지 못한 숫 골이 뜨고 있다
보름달처럼 가까운 밤하늘에 떴다.

아카시아

아, 꿈의 계절
어린 시간을
그녀와 가위 바위 보, 둘이서

딸까 말까 딸까……
한 잎 뚝
그가 따버렸었네

아카시아 황홀한.

눈꽃

눈섶에 피어나는 함박웃음
새아침의 유혹이 곱다

흩날리는 눈보라이기보다
스키장 가는 도로변의 들꽃이거나
산비탈의 눈꽃이라면

눈 세상 달리는 차창 밖 가끔은,
손녀가 손뼉치고 부르는 눈꽃들
순백 육각 눈의 살 눈부시다

소녀 같은 눈으로
먼발치에서나마 해마다 볼 수 있는
축복을 위해 만나는

고향 독무동산의 눈꽃.

문배마을에서

삶은 삶만큼 자취를 남긴다
험한 산길과 도로를 지나
나는 찬바람에 땀을 말리고 있다
삶은 수레바퀴이듯 돌고 돌아
결국에는 한 곳에서 만난다

구곡폭포가
우람한 빙벽의 얼굴로 서 있다
저물어가는 겨울 자락에 들어선 내가 저곳을
어찌 오를 수 있을까
바람 한 점 귓전을 적시더니
얼음벽을 미끄러지듯 휘어져 오른다
내 영혼 가벼운 시간으로부터.

사해

생물이 자랄 수 없는
가장 낮은 바다
검은 바닥이
약으로 쓰이는 곳
이승보다 저승이 생각나는 곳
살 수 없어도
연장시킬 수 있는 거기
물에 뜬 내 이마 위에
영혼이 가벼웠던
태초의 한 줌 바람.

겨울 숲

까치들은 앙상한 집을 부끄러워하지 않는다
멀리 어둡게 흘러가는 한강은 빛을 토하고

검버섯 핀 낙엽 위로 눈이 쌓인다
살아 있는 모든 것들의 슬픔이
바람에 쏠려 서쪽으로 간다

나무는 땅속의 소식을 듣고 서서
바람 불지 않아도 흔들린다

겨울을 건너오느라 꺾인 가지
지상의 시간은 아름답다

머잖아 샛바람 불어오면
초목에 물이 오르고 나는,
늙음을 게워오고 바스락거릴 테다.

고목

날씬했던 몸매 벼락에 뒤틀렸어도
사람들은 나를 천연기념물*이라고 한다
오래 산 게 무슨 자랑일까마는
왜가리들 수선 부려 가지에 지은 집
떠받쳐가며 새끼들이 자라날 때면

바람 없이도 출렁거린다

왜란에 뜻 둔 선민들 칡넝쿨 걷은 땅에
당산나무로 심어 내 뼈 삭았어도
정령만은 기어코 지녀왔다
논두렁 밭두렁 푸드득 메뚜기 떼가 뛰었던
농부들 풍년가 가락에 흥겹던

그런 날 다시는 없겠지만
그 뿌리 내 몸 곳곳에서 움터 오른다.

* 천연기념물 : 수령 400여 년인 강원 272호 느릅나무. 강원도 삼척시
  갈전리(옛 지명은 칠앗) 소재.

솔바람에 땀 씻고

오가던 학교 길 산마루 고개
옛길 사라져서 풀숲 헤쳐본다
그 옛날 청솔
새로 놓인 교량 아래 징검다리
개울가 오솔길과 너럭바위도
땀방울 씻어주던 그루터기
흔적도 없다

웃자란 잡초 덤불 헤쳐본다
모두 떠나버린
사람들 소식도 감감하다.

파도의 시간

파도 소리가 암벽을 두드린다
놀란 갈매기 떼 발 모아 날아오르고
곤두박질쳐 꽂힌 산과 골짝들
바다에 발 담근 채 주름살만 늘려간다
파도 소리가 바다를 일으킨다
파도가 바다를 들어 올린다
내가 파도 위를 낙엽처럼 걸어가고
암벽이 천천히 몸을 일으킨다.

낮달

소문난 처녀처럼
낮인 줄도 모르고 나타나
지친 얼굴로 떠 있구나

건물 틈에 내민
반쪽 얼굴에 기미가 끼었어도
하늘이 품어주는구나.

산 노루

노루는 뒷걸음질치지 않는다

엄마 따라 동산에 올랐다가
엄마 눈에 맺힌 몇 점 이슬 보고서야
잔솔 옆 동생의 무덤을 알았다

지난밤 꿈에
동생이 엄마와 노루 타고 오더니
뿔 잡고 선 동생이 나를 보며 웃었다
나는 답례하듯 웃어주었지만
어쩐지 엉엉 울고 말았다

엄마 옆에 서 있던 노루 두 마리
내 울음에 껑충껑충 뛰어 달아났다
그제야 울음을 뚝 끝내려 했으나
다시 눈물을 흘려야 했다.

상강(霜降)

뒷동산에서
소 등을 타고 넝쿨 옆을 지나가다
새색시이듯 흰 분 바른 머루
할미이듯 주름 접힌 얼굴의 다래
동아줄에 걸터앉아 그네를 타다

서리 먹고 토했는지
누른 옷 벗어던지고 널브러진 채
다투다가 찢어졌는지
훌훌 벗어던진 넝쿨 바닥에 널렸다

아침 까치 소리에 찬바람 쐬었더니
텃밭에 가시 돋친 서리가 기승부리다
성이 났는지 서릿발 세우고는
밭이랑을 지키고 앉아 있다
다시 싹틔우게 하고야 말겠다는 듯
상강의 위세가 머무른 슬하

장끼란 놈 외마디 뿌리며 달음질치다

흰 비료처럼

워낭 소리처럼.

천사와의 춤을

그 춤은 한 쌍의 나비
검은 드레스에 숨겨진 발
멜로디에 따라 리듬을 탄다
새로 태어남을 기리는 사은 축제날이었다
특별한 스텝도 기법도 없이
삶의 고통 밟고 지나온 미숙한 태도로
감히, 떨리는 손 내밀면
때 묻은 내 손 덥석 잡아주던
교수는 수녀였다

잔디로 엮어진 융단 위로
가벼운 음율 깔리고
파트너가 차례로 바뀌어가며 발이
밀물이듯 끌려왔다가 썰물이듯 미끄러지고
파도가 일으키는 바람이 휘몰아쳐도
손이 한 곳에 포개질 때마다
비둘기 날개를 단 천사의 모습으로
손이 멀어져갈 때마다

먼 에덴에서 미소 지어 반겼다

눈빛 따라 움직이면
절로 춤이 되었던 스텝들
절제와 사랑으로 엮은 한 자락의 춤사위

출렁대는 낡은 배가
넓은 바다를 항해하는 동안 나는
풍파가 일 때마다 그 스텝에 실린다
천사와 춤을 추며

순간, 순간을 영원에 담아 침잠한다.

하늘 높아지면

흘러온 물이 물레방아를 돌리듯
가슴에 판 샘 하나
삭이고 삭여 뭉게구름 떠오면
새싹에 한 잔 퍼주고
구름 걷히는 날은
가슴속 시원할 때까지 솟아나고
남은 안개마저 맑게 개면
쏟아내는 샘물 되어서
웃음소리 담고 흘러가리라.

제4부

바람이 답을 주다

나의 길

새 희망 해가 솟을 때
솔깃 살아가는 목표를 세웠다

난관 부닥치면
디딤돌 놓으며 건너려 했고

햇살 담은 호숫가에
자갈돌 깔고 누웠다

새싹이 언 땅 뚫는 소리
첫 단추 꿰며
나를 경쟁하며 서슬처럼 일어났던 나의 길

가난하고 굽은 길 편편이 펼치며
걸어왔던 산수(傘壽)의 사이

열정만은 청춘이듯
세월로만은 늙지 않을 나의 길.

장터 가는 길

곤한 잠에서 기지개 켜는
어스름 동녘하늘 거머쥔 틈새
어둠은 앞산의 검은 산머리를 쥐었다 푼다

오십 리 떠나갈 장꾼들이 으레 스쳐가는 이곳
괴나리봇짐 멘 발걸음에
신작로는 떠들썩한 소리를 쫓아간다
엄청난 뭔가를 벌이는 듯, 웃음은 웃음을 부추기고
산전수전으로 겪어내는
바튼 삶들이 쟁쟁(琤琤)거린다
가슴에 새겨둔 별 몇 개 바위에 부딪혀
여울목 폭포에 떨어지는지 신작로는 은빛으로 물든다
장꾼들의 맑은 눈동자에는
정선아라리 가락 메아리쳐 골짝을 타고
영물인 아가 혼이 담긴 별이 뜨자 어머니가 수놓은 생경
한 새벽길이 일어난다

희뿌연 안개 속

싸리 통발에서 생명을 자랑하며 어름치들 푸드득 길을
떠난다
다음 해 기일이면 또다시 찾아올 신작로 초입

태양 저쪽에서부터 타오르더니
붉던 하늘이 사그러진다.

바람의 힘

샛바람에 꽃은 특성 살려 아름다워도
고통의 산물 생각해 웃고 제 흥에 겨워 울다

높새바람 폭우 지나간 자리
뿌리가 하늘을 찌르는 악몽 있어도
나풀대는 나뭇잎들의 속삭임을 나는 듣곤 한다

입김은 바람이고 바람은 생명이라고.

낙엽

열매 한 줌
북서풍에 실어 보낸다
나는 벌거벗은 몸으로
하늘을 덮는다

깜박이는 별을 헤아리는 동안
새벽이 온다
내 몸은 서리꽃으로 한창 부푼다

나도 가지의 낙엽이다
노란 그리움의.

가래나무골 사계

가래골 어귀 두물머리
버들강아지들 살얼음을 녹이고
달래 냉이 캐는 아낙들 소리에
무덤 위 할미꽃은 즐겁게 웃는다
한낮 폭포수 물보라에 취한 괘리 쉬리들
싸리통발이 좋아 낮잠이 들면,
샘난 미꾸리 뱀장어무리들
밤새 떼지어 도가니 찾아 자루 속에 잠든다
서리 맞아 썩은 옷 벗은 가래 속살 보이고
머루 다래 빈 넝쿨에서 그네를 타면
입맛 다시는 목동 보며 나도 군침 흘린다
설원 갈라 썰매 제키는 겨울 사내들이
박달 스키어 공중제비 선보일 때면
여물 먹던 소도 되새김질하고
사랑방 화로의 가래 입 벌리는 소리, 탁탁

가래나무골의 사계가

먼 산골짝부터

계절마다 진한 세월 담은 몸을 잉태한다.

* 가래나무 : 호두나무와 비슷함.

여유

눈발 날리는 언덕 위로
비둘기 떼 의좋게 날아든다
길 위 내려앉아
콕콕 쪼아 먹이질 한창인데
언뜻 내 신발 위 회오리바람이 인다
비둘기 발 모아 높이 날아오른다

남겨둘 게 없다는 듯
꼬리깃 세워 부채질이다

아름답구나

여든 고개에서 노래를 듣는다
세월은 잘도 간다고
어느새 다시 보면 저만치 흘러가는 구름처럼
길었던 하루들이
짧은 세월로 돌아서며 비로소 허허롭다

가져갈 것 없어
참 홀가분하구나.

의암호 소묘

한여름 찌잇쯔 찌낏쯔끼……
잉어 떼 흰 배 드러내 은빛 세상에
호수 위로 물총새 깃 세워 난다
연민에 젖은 듯 왕방울 눈을 하고
발 맞대고 선 쌍둥이 삼악산
물속 거꾸로 선 동생이 숨 막힌 듯
물방울 뿜어 바로 선 형은 웃는다
맑은 빙판이던 유년의 새벽
빙판에서 눈발 머리 풀어 날 때면
나 불러 세운 인어상 연인이듯
기억 속 성녀가 기지개 켜 닥친다
호숫가 활짝 웃는 진달래 개나리꽃들
신선이 오르내렸을, 저 아름다운 곳!

의암호는 지금 나를 띄우고 기다린다
절어, 절어 흔적조차 녹아나도록
한 생애를 풀어 보이며
푸르게 흘러가고

백발이 된 나는 파문 이는 호수를
두려움 억제하며 그 물살 가른다.

파도 소리에

파도가 밀려온다
푸른 바다 위 은빛 조각들
눈부셨던 노을 어둠에 스며들고
바위섬마저 잠드는 시간

별들을 띄워둔 바다는
하늘이 좋아 하늘에 빠져 들어가고
나는 파도 소리에 취해
마음 줄을 놓는다

거친 바다를 지나왔어도
외로운 물새, 날개를 접지 않는다
바람도 시간도
파도 소리에 묻던 날
나는 소리에 나를 담그고
파도를 타고 있다.

새벽

입에 오르내리는 은유의 언어들이
제풀에 꺾여 어느새
강 건너 풀밭 이슬로 맺혔습니다.

사랑의 불 밝힌다

뜨거운 가슴에 꽂힌 눈빛 오래간다
낯익은 거리 걷노라면
버즘나무 사이로 훑어오는
샛바람
겁먹은 햇살이 꽃망울 톡톡 틔운다
인도 한가운데 우뚝 선
훤칠한 키 날 선 그녀의 눈빛 사랑!
길손의 시선 마다 않고 가슴을 뚫는다
한 세월 지나 빛 하나 번쩍이더니
그날 그 축제 무대의 자리에
나비같이 날아들어
옛날이듯
들려주는 연주

바다 건너, 활활 타오를
소금의 결정체
인내의 기둥이어라.

강나루 허공

만나고 헤어짐 술렁대는 둘레길
새색시 초승달이 함초롬히
강바닥에 거꾸로 선다
삼악산 숨 막혀 물방울 뿜는데
나루터의 쪽배 보이지 않는다

달 밝은 저녁 강 가운데
홀로 노 저으며 두런두런
물결 쪽배에 나루터를 댄다

내 마음 실어다 달빛에 던지고
그 결에 잠겨 큰 소리 외쳐댈 때
시어 한 줄이 메아리친다

소리는 강바닥 지느러미에 닿아
부서진 이끼를 흔든다
한낮의 빛과 그림자 수면 물새 떼로 지고
안개 속에 피어오른다

강나루 허공을 떠도는 젖은 결이 숨 쉰다.

불타는 태양

거기가 어디라고 가려고 해
어머님의 외침에도 귓전에 놓았다
사내는 활활 타오르는 불을 뿜으며
가슴속의 한을 그림 그리듯 풀어나갔다

언뜻 한강
눈부신 햇살은 수면 위에서 반짝인다
땡땡땡 전차가 달리던 시절이
성큼 머릿속에 떠올랐다
간 큰 사내가 제집처럼 오갔던 일들마저도

멀리 비행장 자리, 무인지경을 바라보며
호기심에 발길과 얼굴을 내밀어
고요한 강 수면을 제치며 스치어간다
뭇 새들도 날개를 펴 경쟁이나 하는 듯 날다
나는 가슴속 맑은 샘물 한잔 퍼 마신다

동서로 옮아가는 태양의 그림자와

남북 오가는 내 발길이 교차하는 한강교에서
바라본 빌딩숲들 높다, 아찔하다
……애증의 칼날 소리들 소용돌이쳐댄다

심장의 불덩이 잦아들 무렵에

오늘도 펄펄 끓고 있다
담금질을 해도 더워지는……

나는 간 큰 사내
아직도 식을 줄을 모른다.

동물원에서

가을걷이 세대 부부가 대공원에서
동물들을 구경한다

리프트를 타면 아름다운 공원이 펼쳐지고
눈에 띄게 무리지어 지나는 노인들
그들 세대가 쌓은 결실을
우리 모두가 맞이하는 중이다

무릎 같은 긴 발목의 키 큰 홍학
네 발 벌려 일광욕하는 호랑이
모두가 타고난 팔자만 같고
값비싼 새들이 날아갈까 걱정이다

손끝에 걸린 그물망을 보며
— 공작새 안전하겠네
물방울 굴리듯 맑은 목청의 미인 엄마
유모차를 밀며 그녀도 아기도
우리와 함께 가고 있다.

석양

금빛 물결의 호수
물총새들 물장구쳐 솟구친다

저 붉은 눈시울
하루의 이별이 저리도 서러운지
노을은 호수 위로 불이듯 꺼져갔다
내 마음까지 끌어들여 가고 있다

해는 석별이 아쉬워서인지
얼굴을 노을에 점차로 묻어간다

내가 떠나갈 때에도
저리 기막히게 아름다우리라
나도 저리 서러워하리라.

바람이 답을 주다

물 한 병 달랑 배낭에 달고
어느 때 가보아도 좋은 청계산을
동호인들과 함께 오른다

산중턱에 서니
바람이 더우냐고 묻는다
아직은 별로입니다
언덕진 능선에서
바람이 다시 속삭인다
숨차지만 기쁩니다
정상 가까이서
바람이 더우냐고 또다시 물었다
글쎄 ― 요 잘 모르겠습니다

정상에 올라서니
땀방울이 이마에 송글송글
바람이 미소 짓는다 꿰뚫어 보듯

바람이 답을 준다

……하늘이 비어 있네.

비움에 대하여

먹구름이 바람을 타고 하늘을 날고 있었다
큰 영(嶺)을 만나 급히 피하려다가
무성한 숲에 발이 걸려 그만 비를 쏟았다
몸을 가누고 다시 날려는 순간
다른 먹구름과 마주쳐
방전으로 생긴 번개와 천둥소리에 놀랐다
— 지상에 무슨 일 없어?
아래쪽을 살피던 바람이 지상에서 벌어진
산사태와 홍수로 말문이 막히자
— 우린 어쩌지?
바람은 그제야 먹구름과 함께한 삶을 의식하고
한 발 물러났다 나는
미풍이면 좋겠다는 생각을 하며
산을 옮기려던 욕심을 버렸다
지상 문제를 걱정하던 바람이
가을비가 문제라 하자
구름은
이슬과 서릿발로 열매 맛을 익혔고

뭉게구름은 황금벌을 보며 유유히 떠간다

물과 공기로 채워진 나는
부력으로 헤엄쳐갔다
파란만장했던 나도 만물의 영장이듯
가볍게 두둥실 하늘을 날았다.

자화상

이 심는 기술 없던 약관의 시절
염증 핑계 삼아 앞니 곁 삐뚠 이를 빼고는
그래도 의사에게 감사의 인사했다

십 년 후 보조 이마저 삭아 네 대
또 십 년 지나 여섯 대 갈아 끼우고
어금니 백금 씌워 입 크게 벌려 웃어댔다

그 후 다시 여덟 대 갈아 끼우려 했으나
백금 씌운 이 삭아 울면서 틀니로 바꿨다

이순에 어금니 살피던 교정 의사가
— 생니가 좋은데 앞니는 교통사고였나요?
나는 고개를 숙이고 쓴웃음만 웃어야 했다
벌 받는단 생각에 눈물이 핑 돌았다

백발에도 틀니는 깨끗해 곁 이를 세워준다
백금 씌운 잇몸 삭아 인공뼈 심은 후
미리 유언을 남겼다
부모님께 받은 이는 신의 선물이라고.

별들의 속삭임

손녀들과 바라본 저녁 하늘
가깝게 뜬 별과 초승달이 나란하다

은하에 쪽배를 띄우고
별들에 귀 기울이는 오누이같이
나와 손녀는 나란하다.

우리들 마음속에

빛은 해에서만 오는 것이 아니다
지금이라도 그대 손을 잡으면
거기에 따뜻한 체온이 있듯
우리들 마음속에 살아 있는
사랑의 빛을 나는 안다

마음속에 하늘이 있고
마음속에 해보다 더
눈부시고 따뜻한 사랑이 있다

어둡고 추운 골목에
밤마다 어김없이 등불이 피어나듯

누군가는 세상을 추운 곳이라고
말하지만, 또 누군가는
세상은 사막처럼 끝이 없는
곳이라고 하지만

무거운 바위틈에서도
풀꽃이 피어나고
얼음장을 뚫고 맑은 물이 흐르듯,
그늘진 거리에 피어나는
사랑의 빛이 있다.

작품 해설

늙음과 비움, 그리고 바람

류 재 엽

1.

시를 정의하면서 우리는 곧잘 "리듬은 시의 생명이다. 시는 이미지가 말을 한다. 비유는 시의 본질이다."라는 말을 하곤 한다. 시는 언어 전달의 한 형식으로서 특수한 성질을 가진 문학이란 것은 주지의 사실이다. 일상 언어의 경우는 말하는 사람이 실제적인 관심을 보이거나 사실을 보고하는 데 대하여, 시적 언어에는 말하는 사람의 느낌이나 태도나 해석이 나타나 있다. 즉 시는 언어라는 도구를 통해 리듬과 이미지를 만들어내는 문학 양식이다. 일상의 언어가 객관적이요 개념적인 것과는 대조적으로 시의 언어는 상징적이며 함축적인 요소에 크게 의존한다. 전자가 직접적이요 비개인적이라면 후자는 간접적이요 개인적이다. 일상의 언어와 시의 언어가 이와 같이 좋은 대조를 보이는 것은, 그 양자가 언어 전달의 서로 극단을 이루고 있기 때문이지, 일상의 언어와 시의 언어를 엄연히 구별할 수 있는 어떤 뚜렷한 기준이 있음을 의미하는 것은 아니다. 시가 일상의 언어에서처럼, 말의 뜻이나 논리에 주로 의존하는 경우에도 보통의 언어에서보다 비약적이거나 날카로운 것이 상례이다. 이와 같이 시는 언어의 몇 가지 요소에 특히 의존하고, 그리고 그 몇 가지 요소의 유기적인 관련에 의존하는 점에 있어서, 보통의 언어보다 고도로 조직화된 것이다. 시는 언어의 특수한 요소에 크게 의존하며, 고도로 조직됨으로써 보통의 언어보다는 섬세하고 미묘한 의미의 구조를 가지고 있다. 따라서 한 편의 시가 의미하는 바를 완전히 보통의 언어로 풀이할 수는 없다. 그것은 흔히 시에 있어서처럼 하나의 느낌이나 분위기로밖에 설명될 수 없는 경우도 있다. 따라서 시의 의미는 보통의 언어의 의미와 매우 다른 특수한 것으로 생각해야 한다.

『카푸치노』는 시인 남상진 씨의 첫 번째 시집이다. 시인은 대학에서 수학을 전공하고 중등학교 수학교사를 거쳐 교장으로 정년을 맞았다. 그러니까 대학에서 문학을 전공하지도 않았으며, 더욱이 시를 공부하지도 않았다. 이제 산수(傘壽)를 앞두고 새삼 시집을 상재하는 것은 오랫동안 시에 관한 학습을 게을리하지 않은 데서 얻은 결실이다. 그런 의미에서 남 시인의 문운을 빈다.

시는 여타 문학 장르에 비해 언어의 음악적 요소와 정서적 요소를 내포하는 존재이다. 모든 문학이 언어를 표현 재료로

삼는다면, 그 가운데서도 시가 지닌 가장 언어적인 표현 기법을 이것들이 결정한다는 뜻이다. 이런 의미에서 시적 언어에는 일상 언어와는 다른 비유법이 주로 사용된다. 시는 운율이 있는 언어를 사용한다. 랭거(S. Langer)는 모든 예술작품의 주체를 상징이라고 보았다. 즉 관념을 표현한 것이 바로 예술작품이라는 뜻이다. 그녀는 상징을 만드는 과정을 "의미 있는 감정이나 인지적 요소를 선택하여 자신의 생각, 느낌, 개성과 통합할 수 있도록 조직하는 것"이라고 정의하였다. 이런 관점에서 남상진 시인의 작품 가운데 시의 상징성이 잘 드러난 작품이 있다.

> 입에 오르내리는 은유의 언어들이
> 제풀에 꺾여 어느새
> 강 건너 풀밭 이슬로 맺혔습니다.
>
> ―「새벽」 전문

여기에서 시인은 언어의 은유를 말하고 있다. 그러나 시적 표현은 상징으로 나타난다. 여기에서 원관념은 보이지 않고 "풀밭 이슬"이라는 보조관념만 드러나 있다. 아마 원관념은 시로 미루어 짐작할 수 있다. 시인은 시를 "강 건너 풀밭 이슬"로 정의하고 싶은가 보다. 그만큼 시를 아름답고 순수한 것으로 인식하고 있다는 증거가 된다.

그의 시는 몇 개의 제재로 분류할 수가 있다. 시집 제목이

보여주듯이 여기에 게재된 작품에는 제목뿐만 아니라 시의 본문에서도 바람이란 언어가 유난히 눈에 띈다. 또 늙어감과 다가올 죽음, 그리고 올곧게 살아오지 못했다는 자책과 회한, 그리고 어머니에 대한 회상 등이 그것이다.

2.

그의 작품에는 '바람'이란 시어가 많다. 바람은 기압이 높은 곳에서 낮은 곳으로 흐르는 공기의 움직임이다. 그러나 '바람'만큼 다의성(多義性)을 가진 어휘도 그리 많지 않다. 다의성은 곧 애매성이다. '바람'은 자연현상의 하나이지만 복합적인 이미지를 가지고 있다. '풍(風)'은 한방에서 질병을 의미한다. 또 바람은 "들뜬 마음이나 행동"을 뜻하기도 한다.

> 파도가 밀려온다
> 푸른 바다 위 은빛 조각들
> 눈부셨던 노을 어둠에 스며들고
> 바위섬마저 잠드는 시간
>
> 별들을 띄워둔 바다는
> 하늘이 좋아 하늘에 빠져 들어가고
> 나는 파도 소리에 취해
> 마음 줄을 놓는다
>
> 거친 바다를 지나왔어도

외로운 물새, 날개를 접지 않는다
바람도 시간도
파도 소리에 묻던 날
나는 소리에 나를 담그고
파도를 타고 있다.

—「파도 소리에」 전문

여기에서 '바람'은 자연현상 가운데 하나이다. '바람'은 거친 바다를 만들고 파도를 일으키는 존재다. 파도는 바람을 그 안에 지니고 있다. 그래서 '풍파(風波)'라고 했나 보다. 바람은 파도를 불러온다. 시인은 바람 때문에 "나는 소리에 나를 담그고/파도를 타고 있다."라고 고백한다. '바람'은 파도를 만들고 "하늘이 좋아 하늘에 빠져 들어가고/나는 파도 소리에 취해/마음 줄을 놓는" 시적 화자는 바람이 만든 파도를 긍정적인 시선으로 대하고 있다. 인생의 역경을 오히려 '은빛 조각'과 '별'로 인식하는 시인의 시선이 당당하다. 그것은 다음 작품에서 더욱 구체화된다.

샛바람에 꽃은 특성 살려 아름다워도
고통의 산물 생각해 웃고 제 흥에 겨워 울다

높새바람 폭우 지나간 자리
뿌리가 하늘을 찌르는 악몽 있어도
나풀대는 나뭇잎들의 속삭임을 나는 듣곤 한다

입김은 바람이고 바람은 생명이라고.

— 「바람의 힘」 전문

시인은 바람을 '생명'이라고 인식한다. '샛바람'은 꽃을 아름답게 하고 '높새바람'은 나뭇잎들의 속삭임을 만들어준다. 살아 있는 생물이 뿜어내는 "입김은 바람이고 바람은 생명"이기 때문이다. 바람은 이 세상에 아름다운 꽃과 나풀대는 나뭇잎을 있게 만든다. 그러나 꽃이 아름다운 이유는 고통의 산물이고 나뭇잎의 나풀대는 것은 폭우가 지나간 뒤라야 가능하다. 시적 화자는 스스로 바람 같은 존재를 꿈꾼다.

3.

화자는 노년을 맞아 육신의 노화에 따른 울적함을 말하고 있다. 시적 화자는 인생의 가을에 접어들었다. 가을이 지나면 얼마 있지 않아 겨울이 다가올 것이고 우리는 휴면에 접어든다. 어찌 보면 슬플 수도 있다. 프라이(N. Frye)는 그의 저서 『비평의 해부(Anatomy of Criticism)』에서 문학작품에 대한 비평을 크게 네 가지로 나누고 있는데 세 번째 원형비평 — 신화의 이론에서 봄의 미토스(mythos)는 희극, 여름의 미토스는 낭만, 가을의 미토스는 비극, 겨울의 미토스는 아이러니와 풍자라고 말했다. 가을을 노년에 비교하는 이도 있다. 이에 의하면 가을은 비극의 계절이다. 노년의 삶은 비극을 손수 체득하는 길이다.

노을이 짙어지는 동안 나는
낙엽 띄워 가을 노래를 담는다
가을에 내가 젖어들고
석별의 잔 속에 얼굴들이 가득 찼네
활활 타오르는 향연이 어제 같은데
낙엽에 서리만 한창이구나

국화꽃 향기 진동한다
가슴앓이 끝에 시어버린 잎들을 달고

이파리도 없는 넝쿨에 매달린
하얀 분 머루의 주름진 맛
나는 무엇을 남기고 갈 것인가.

　　　　　　　　　　　　　　　──「가을 끝자락」 전문

　시적 화자는 아무리 "노을이 짙어지는 동안 나는/낙엽 띄워
가을 노래를 담는다"고 했지만, "이파리도 없는 넝쿨에 매달
린/하얀 분 머루의 주름진 맛/나는 무엇을 남기고 갈 것인가."
라고 자문한다. 시인에게 여든의 나이는 '가을 끝자락'으로
인식된다. 지금까지의 삶이 회한(悔恨)으로 남는다. "활활 타오
르는 향연"의 지난날은 이제 "낙엽 서리"로만 남았다. 시간의
흐름은 관념의 흐름이 되었다.

우리가 피 흘렸던 거리를
인공의 물줄기가 흘러가고

가슴이 부푼 여학생들이 깔깔거리며 지나간다
오지 못한 친구의 생사를 걱정하고
흘러간 사랑을 더듬으며
생활이 길들여놓은 말들을 주고받을 뿐
아무도 정치를 이야기하지 않았다
어색한 침묵이 흐를 때면
우리는 카푸치노를 입에 가져갔다
살아온 날들이 카푸치노 거품처럼
꺼져가고 있었다
다시 만날 수 있을까
그때까지 몸조심하자는 말을 남긴 후
우리는 낙엽들처럼 흩어졌다

—「카푸치노」부분

젊은 시절 시적 화자와 대학 친구들은 독재자의 횡포에 맞서 거리로 나섰다. 그땐 죽음도 두렵지 않았다. 다만 자유와 사회정의만을 위해 자신을 돌보지 않았다. 친구들이 피를 흘리며 죽어가기도 했다. 1960년 4월 19일의 의거였다. 그러나 지금은 젊은 기개는 사라진 채 "인공의 물줄기"가 흘러가고 "가슴이 부푼 여학생들이 깔깔거리며" 곁을 지나간다. 모든 상황은 바뀌었다. 우리들도 "생활이 길들여놓은 말"만 주고받을 뿐이다. 이미 죽어서 이 자리에 참석치 못한 친구들도 있어, 어색한 침묵만 흐른다. 주문한 카푸치노 거품처럼 꺼져가는 서로의 삶을 바라본다. 노년의 삶은 사라져가는 거품과 같은 것이다. 그리고 마침내 죽음에 이른다.

딸아이가 불어터진 얼굴을 쓰다듬으며
아비가 살아낸 시간을 더듬는다
텅 빈 어깨들이 출렁인다
고통이 빠져나간 얼굴은 연못처럼 고요하다
소란한 울음 틈에서 나는
그의 얼굴에 귀를 대며 말한다
잘 가라
죽음 쪽에서는 어떤 소리도 들리지 않는다
흔들리는 촛불들
어두운 벽을 만지듯
푸른 얼굴을 쓰다듬는다
부끄러움을 잃어버린 몸에 수의를 입힌다
삼베로 그의 얼굴을
세상으로부터 영원히 감춘다
장송곡이 울려 퍼진다
그의 체온이 노래를 타고
어떤 소리도 갈 수 없는 세상 밖으로 떠난다
텅 빈 몸을 관에 담는다.

— 「입관」 부분

인간의 죽음에는 자기의 죽음과 타자의 죽음의 양면이 포함되어 있는데, 현실적으로는 그중 한쪽에 중점을 두어서 보는 것이 보통이다. 그리고 그 중점을 두는 방법의 차이에 따라서 죽음의 관념이나 죽음에 대한 태도에 여러 가지 변화가 나타난다. 일반적으로 타자의 죽음은 관찰할 수 있지만, 자기의 죽음 또는 그 관념은 일종의 극한적인 경험으로써 상상이나 표상의 영역에 결부되어 있다.

시적 화자는 이 작품에서 자신의 죽음에 관해 이야기한다. 자신의 내면세계를 독백하듯이 혼자 말하는 태도를 차용하였다. 그러면서 시적 화자와의 심리적 거리를 두고 있다. 시종 자신의 죽음과 입관을 관찰하면서 자신의 마음을 비춰보는 관조적 태도를 견지하고 있다. 시상의 전개가 시간의 흐름, 공간의 이동, 대상의 이동 등에 따라 주제를 구성해나가는 기법을 사용한다. 사망 이후 시간이 흐르면서 임종과 염, 입관 등의 절차가 진행되면서 죽음이 화자에게 던지는 의미는 분명해진다. 입관을 마치고 뚜껑이 닫히면서 이승과는 단절이 되고 만다. 그렇지만 저 세상에 가면 먼저 세상을 떠난 어머니를 뵐수 있으리라는 위안이 있다.

> 저승에 가서야 맞게 될 어머니
> 사진 한 장 못 남겨둔 나에게
> 시냇물은 저리도 조잘거리는구나
>
> 언덕 위에 서서 반겨 맞은 환영
> 장대비와 눈발 속에서도 웃던 얼굴
> 조금만 더 거기 서 계세요.
>
> ―「중봉 어귀에서」 부분

어머니는 "언덕 위에 서서 반겨 맞은 환영/장대비와 눈발 속에서도 웃던 얼굴"을 한 그리움의 대상이다. 시적 화자가 어느덧 노년이 되고 죽음의 그림자를 느낄 무렵 먼저 이승을 떠난 어머니의 모습이 떠오른다. 어머니가 계신 곳이라면 그곳은 언제나 환하고 즐거운 곳임에 틀림없을 것이다. 그래서 어머니께 "조금만 더 거기 서 계세요"라고 당부한다. 멀지 않아 시적 화자도 역시 그곳으로 갈 것이니까.

4.

인간은 탐욕의 존재다. 다른 이보다 더 많은 것을 소유하려 하고, 이로써 인간세상의 투쟁이 시작되었다고 해도 과언이 아니다. 동진(東晋)의 도연명은 「귀거래사」에서 벼슬을 버리고 고향에 돌아가는 심정을 읊으면서 벼슬살이 시절을 "정신이 육체의 노예였다."라고 하였다. 법정 스님은 무소유를 말하였다. 성경에도 욕심을 버리면 자유를 얻을 수 있다고 하였다. 시인은 자유롭고자 한다.

먹구름이 바람을 타고 하늘을 날고 있었다
큰 영(嶺)을 만나 급히 피하려다가
무성한 숲에 발이 걸려 그만 비를 쏟았다
몸을 가누고 다시 날려는 순간
다른 먹구름과 마주쳐
방전으로 생긴 번개와 천둥소리에 놀랐다
― 지상에 무슨 일 없어?
아래쪽을 살피던 바람이 지상에서 벌어진

산사태와 홍수로 말문이 막히자
— 우린 어쩌지?
바람은 그제야 먹구름과 함께한 삶을 의식하고
한 발 물러났다 나는
미풍이면 좋겠다는 생각을 하며
산을 옮기려던 욕심을 버렸다
지상 문제를 걱정하던 바람이
가을비가 문제라 하자
구름은
이슬과 서릿발로 열매 맛을 익혔고
뭉게구름은 황금벌을 보며 유유히 떠간다

물과 공기로 채워진 나는
부력으로 헤엄쳐갔다
파란만장했던 나도 만물의 영장이듯
가볍게 두둥실 하늘을 날았다.
　　　　　　　　　　　—「비움에 대하여」 전문

　작품 제목 자체가 '비움'과 연관이 있다. 여기에서 시인은
주로 상징적 이미지를 보여준다. '먹구름'이라든지 '산사태'
와 '홍수'로 점철된 삶은 '파란만장'했던 나의 모습이다. 그
래도 모든 것을 버리고 '물'과 '공기'로 채워진 나는 "부력으
로 헤엄쳐" 나가서 '비움'을 마친 다음에야 "가볍게 두둥실 하
늘을 날" 수 있었다. '비우기'는 자유와 비상(飛翔)을 가져온다.
시인 정진규 역시 「비워내기」라는 작품에서 "어디서나 내가

하는 일이란 비워내는 일이었다/채우는 일은 다른 분이 하셔
도 좋았다/잘하는 일이라고 신께서 칭찬하셨다"라고 읊었다.
지금껏 채우고 있던 것을 비워야 새로운 것을 채울 수 있다.

> 어머니는 병환 중에도 묵주를 쥐고 잠을 잔다 어머니
> 는 잠을 잔 것이 아니다 기도가 필요한 사람들의 처지에
> 따라 환희 고통 빛 영광의 기도를 드린다 평화가 필요한
> 사람들 영혼 앞에서는 화해의 기도, 죽은 이들 영혼 위해
> 서는 위령기도를 묵주에 실어 보낸다 주님이 영원한 빛
> 을 비추어주듯 경건히 눈빛처럼 맑고 깨끗한 마음을 묵
> 주에 담아 퍼준다 진종일 기도하다가 힘들어 보이는 간
> 병인과 가족들에게도 묵주 한 알 한 알을 떨어뜨린다 어
> 머니는 떠났다 연도로 수놓은 꽃길 밟으며, 어머니가 그
> 러했듯이 나도 세상에서 가장 평화로운 마음을 사람들에
> 게 심으라고 어머니 묵주 알 남기고 떠났다.
>
> ―「어머니의 묵주」

비움의 삶은 어머니께서 가르쳐주신 삶의 태도이다. 어머니
는 생전에 병환 중임에도 불구하고 묵주를 손에서 놓지 않았
다. 평화가 필요한 이들에게 영광의 기도와 화해의 기도와 위
령의 기도를 드리기 위해서였다. 그리고는 힘들어 보이는 환
자의 간병인과 보호자에게 묵주 한 알씩을 나누어주었다. 그
런 어머니가 아들인 내게도 '평화로운 마음'을 사람들에게 심
으라고 묵주 한 알을 남기고 세상을 떠났다. 평화는 분쟁과 다
툼이 없이 서로 이해하고 우호적이며 조화를 이루는 상태를

뜻한다. 평화는 어머니 기도의 제목이었고 시인의 삶의 참모습이었다. 이런 요소들이 시인으로 하여금 자신을 비우고, 그 비운 부분을 새로 채우기 위해 나이를 잊고 왕성한 창작 의욕을 불러일으키는 원동력이 되었으리라 믿는다.

柳在燁 | 문학평론가

남상진 시집

카푸치노